LE FRONDEUR DU TABAC.

SATYRE

POUR ET CONTRE.

À PARIS,

En la Boutique de la V. de NICOLAS OUDOT,
Libraire, ruë de la Harpe, vis-à-vis la ruë
du Foin, à l'Image Nôtre-Dame.

M. DCC. XXV.

Avec Approbation & Permiſſion.

LE FRONDEUR
DU TABAC,
SATYRE
POUR & CONTRE.

U NE rencontre de cinq personnes donna occasion à cette Piéce, un de la compagnie prinçant son Tabac, & en préfentant aux autres dit le fens de ces deux Vers :

Ah ! que ce fin Tabac a chez moy d'agrémens ,
J'en fais avec plaifir de mon nez l'aliment.

Un autre à qui il en fut préfenté & qui en prit ,
dit le fens de ces deux Vers :

Et moy fi j'en veux bien ufer ,
C'eft feulement pour m'amufer.

Une Dame qui en prit après , fe mit à rire & dire
à peu près ces paroles :

Pour moy qui fuis femme commode ,
J'en prends , parce que c'eft la mode.

Un Dévot même à qui il en fut offert voulut avoir

4

son dicton comme les autres ; le voicy tourné en
Vers :

Je ne recule pas , je me conforme à tous ,
Puisque vous en prenez , j'en veux prendre avec vous.

Un Abbé , enfin , qui étoit le dernier refusa d'en
prendre, & s'écartant un peu des autres d'une maniere
enjouée entra dans la plaisanterie , & dit en riant des
injures au Tabac par un si éclatant qu'il repeta trois
fois fi , fi , fi , puis reprenant ses sens prononça son
dicton qu'il tourna presque sur le champ en Vers :
ce sont les deux qui commence la Satyre, *à prendre*
du Tabac , &c. Ces deux Vers le mirent en goût de
continuer & de faire cette petite Piéce en Satyre sous
le titre de Frondeur du Tabac, qui marque l'éloigne-
ment qu'il en avoit , & que tout homme de bon sens
doit avoir aussi , fondé sur le peu d'utilité qu'on en
retire , & que même selon les principes de Monsieur
Fagon , il est plus nuisible que profitable , sur-tout
lorsqu'il fait voir le ridicule des hommes dans l'usage
trop fréquent qu'ils en font , & la maniere dont ils
en usent , & dont ils fatiguent le monde. Or c'est ce
qu'on voit dans cette Satyre, qui est une copie fidele
de l'original , & tirée de l'Auteur même.

A prendre du Tabac si je suis condamné,
Je le jette en arriere & j'en sauve mon né.
Quoi donc ! vous voudriez d'une vaine entreprise
Relever aujourd'hui ce qui n'est que sotise,
Quelle est votre sagesse ? quelles sont vos raisons ?
Voulez-vous vous loger aux Petites Maisons ?
Que diroit-on des Gens, qui sots comme des Grues ,
Ne prendroient d'autre emploi que de courir les ruës
Ou qui pour rafiner en insensés badeaux

D'une farine hachée, en feroient des gâteaux ?
Tout beau, me dites-vous, vous voulez donc médire
Et vous faire à ces traits Arlequin pour en rire,
Dans ces comparaifons tout paroît odieux,
Si vous voulez parler, parlez plus ferieux ;
Aux hommes ferieux s'il faut donc que je parle,
Ça, que ma Mufe ici fon bon fens leur étale,
Je demande aux Catons s'il leur eft bien féant
De s'occuper fans fin des chofes de néant.
Dans un amufement contre la bienféance,
Eft-il homme d'honneur qui ne rentre en enfance ;
Et qui, faifant mêtier de cet amufement,
Ne montre en fon efprit beaucoup d'égarement ?
Tel fut cet Empereur, qui dans fa chaffe aux mouches,
Leur donnoit au combat de rudes efcarmouches.
Tel fut cet autre fou, qui de pain dégoûté,
Mit pour fe ragoûter cette Infecte en pâté.
J'en prends, me dites-vous, pour charmer mes caprices,
Le Tabac me délecte, & j'en fais mes délices ;
Mais dites-moi plûtôt que vous avez des rats,
De vous farcir le nez d'un fi puant amas.
Jamais homme d'efprit ne fit fa nourriture
D'un fi vil aliment, fans fe faire une injure ;
Il fuffit à lui-même, & plein de fes vertus,
De cette bagatelle il s'éleve au-deffus ?
Il déplore chez vous cette fole amufette,
Qui découvre à fes yeux le creux de votre tête.
Je viens d'abord au nez. Vit-on jamais bouffon
En prendre en mafcarade, un de votre façon,
Nez qui porte Tabac, teint en couleur de Rave,
Fait filtrer puamment une vilaine bave,
Et qui rendant la lévre & le minois craffeux,
Par cette craffe en fait quelque chofe d'affreux :
C'eft à ces jolis traits qu'on voit votre vifage,

Quand l'amour du Tabac vous en outre l'ufage,
Et quand après cela vous le voulez mâcher,
Ah ! pour lors on vous fuit, on cherche à le cacher,
Une Dame au Tabac qui fait la précieufe
S'obfcurcit par ce fard, & fe rend odieufe.
Son teint frais fe vernit, & cette puante eau
Lui peint en badinant le plus vilain nazeau.
Comment en fa fierté, peut-elle en Compagnie
Etaler fes appas avec cette Infamie ?
Le mouchoir, il eft vray, fuffit pour tout ôter,
Mais l'odeur du mouchoir peut encore empefter.
On nous vante pourtant cette vilaine drogue ;
On nous fait des fermons pour nous la mettre en
     vogue ;
Mais moy qui deplore un tel entêtement,
Je n'en fais plus de cas que d'un vil excrément.
Car, de quoy nous guérit cette plante enchantée,
Et que j'appelle moy vrayment plante empeftée ?
Eft-ce donc fur mes dents qu'éclatte fa vertu ?
Elle m'en guérira quand je n'en auray plus.
Quand je fors de mon lit je fens ma tête cuite,
Elle me fait dormir & cracher la pituite ;
Avant que j'en ufaffe on me voyoit languir,
Accablé de douleur, je me fentois mourir ;
Maintenant que j'en prens, ma fanté fait envie,
Le Tabac m'eft fi bon qu'il prolonge ma vie.
Voilà votre langage, il nous fait vivre tous,
Et le vray Charlatan nous le dit comme vous.
Nous lifons qu'un des Dieux que nous vante la Fable
Le paffoit chez les fiens remede indubitable.
Tout remede excellent, mais trop réïteré
Loin de guérir d'un mal le rend inveteré.
Comment donc le Tabac par des milliers de prifes,
Sans caufe, fans raifon à chaque jour reprifes

Pourroit-il à vos maux donner la guérison ?
Cela chez Galien renverse la raison.
Que voit-on au Tabac qu'une influance usée,
Qui picottant le nez se résout en fumée ?
On y voit le néant d'un aliment épais
Semblable a du broüillard dont le nez se répaît.
C'est de votre Tabac la vertu chimerique,
En prendre trop souvent c'est être fanatique :
C'est trouver dans une ombre une réalité,
Et devenir Guichot dans sa crédulité.
Cherchez donc au Tabac de quoy vous satisfaire,
Car enfin répondez si ceux qui n'en ont pas
Sont bien plûtôt que vous exposés au trépas :
Combien de braves gens, & gens de bonne mine,
Corpulens, gros & gras & remplis de cuisine,
Grands Medecins surtout tous juges competants
Sans en prendre jamais vivent quatre-vingt ans ?
Ne sont-ils pas sujets à vos intemperies,
Et livrés comme vous aux mêmes maladies ?
Cependant sans Tabac ils sont sains & dispots.
Votre infâme Tabac n'amuse que des sots.
Devant Louis le Grand qu'étoit-ce ? badinage,
A peine dans ce tems en sçavoit-on l'usage :
Quand Monseigneur naquit, il devint plus fréquent,
Aussi ce Grand Dauphin en prenoit plus souvent :
Son exemple à la Cour animant la jeunesse,
Elle sçût s'en coëffer comme d'une maîtresse :
La Muse de concert nous chanta sa douceur,
Et de ses airs badins en prisa la valeur.
Bien-tôt il fut commun parmi la populace,
Chacun pour en goûter s'y prit de bonne grace :
L'un le voulut en poudre & l'autre bien grainé,
Un autre avec sa rape en regale son né.
Cet usage déja voloit par tout le monde,

A iiij

8

On l'adoroit par tout sur la terre & sur l'onde.
L'Espagnol, l'Allemand, le Battane & l'Anglois,
Tous s'en glorifioient autant que le Fançois.
On le mit sous ses dents, on le prit en fumée,
Par là fut établie sa grande renommée.
Pour résoudre en deux mots toute la question,
Avouez avec moy que ce n'est que poison.
Hé! combien en est-il selon le mot d'usage
Dont un amusement ne fasse le partage?
C'est par lui qu'un Guerrier va sans crainte au com-
          bat,
Qu'un Politique croit pouvoir servir l'Etat,
Et que ce Financier se bâtit un Systême,
Tandis qu'un Logicien nous résout un Dilôme.
Est-il un bâteleur qui pour joüer ses tours
De sa boëte au Tabac ne tire du secours?
Le Spectateur en vain s'empêcheroit de rire
S'il n'étoit par ce jeu tombé dans le delire.
A repasser tous homme & chacun dans son art,
Pas un seul ne prendra du Tabac au hazard.
On en veut retirer par un droit legitime
La vanité de l'art & du monde l'estime;
Mais cette estime jointe à cette vanité,
Du grand nombre des sots prouve la verité.
Entrez-vous avec eux dans cette comedie
Je prédis votre mort dans une maladie:
Vous riez à ces mots qui semblent vous choquer,
Mais sans rire la mort sçaura bien vous croquer,
J'entens par le Tabac. Voicy que je le prouve,
Et ce qu'homme de sens n'entend qu'il ne l'aprouve.
Quand la fiévre vous prend un mot se dit tout bas:
Monsieur, sans raisonner, tréve avec le Tabac,
Le mal vous y contraint, le besoin est extrême,
Il vous faut obéïr, vous le dites vous-même.

Or cette eau du Tabac, qui couloit au dehors,
Par un prompt changement, rentre dans votre corps :
Le coffre s'en remplit, & bientôt la poitrine
S'en infecte, se perd, tout tend à sa ruine ;
La Févre vous redouble, & par un triste sort
Soudain vous vous trouvez aux abois de la mort.
Combien dans cet état de personnes trompées
Ont passé tout à coup dans les Champs Elisées ?
Et qui loin des plaisirs qu'ils goûtoient icy bas,
Ont maudit, mais trop tard, leur infâme Tabac.
Mais je viens à l'esprit qui nous force d'en prendre ;
Or, quel est cet esprit ? je vous le fais comprendre.
Dans un nombre infini c'est la conformité,
En vray singe on imite, & l'on est imité,
La tabatiere en main on se dit l'un à l'autre,
Goûtez de mon Tabac, je goûterai du vôtre.
Quand Pierrot vit Colin porter un beau chapeau,
Mon Papa, luy dit-il, j'en veux un aussi beau.
Homme & femme en tout tems suivant cette methode
Pour se bien ressembler se mettent à la mode :
C'est ce rôle qu'on joüe aujourd'hui sotement.
Si l'on prend du Tabac, c'est parce qu'on en prend.
Plusieurs sots relevant cette badinerie,
Y font à qui mieux mieux la même singerie :
Il n'est pas même enfant, soit fille, soit garçon,
Qui ne crie au Tabac dès l'âge de raison.
Consultez Arlequin Empereur de la Lune,
Il dit qu'en ses états c'est la mode commune,
Qu'un maître, une maîtresse & qu'un valet aussi
Usent tous du Tabac, & c'est tout comme icy.
On le veut sans odeur, on le veut sans mélange,
Puis le grainé survient & la rape le change ;
Et la rape à son tour qu'il semble qu'on proscrit
Pourra bien à la fin prendre tout son crédit.

Telle est sur le Tabac cette bizarrerie,
Et qui n'est dans le fond que pure mommerie.
Quelle pitié ! de voir dans tout ce changement
Que l'on ne sçait à quoy s'en tenir sûrement :
Je vous conseillerois, tant la mode est prisée,
D'en faire du hachis ou de la fricassée,
Ou d'un medicament, comme habile inventeur,
Tantôt le prendre en bol & tantôt en liqueur.
Un nouvel Officier entré dans cette lice
S'y prescrit galament des regles d'exercice :
A-t'il tiré sa boëte ? il ramasse avec soin
D'un coup frapé dessus le Tabac dans un coin :
Puis l'ouvrant proprement, des deux dœgts il le pince,
A l'entendre loüer, c'est un Tabac de Prince.
Il en presente à tous d'un air fort gratieux,
Et chacun le reçoit comme un don prétieux ;
Entre ses doigts serrés il retient sa pincée,
Et attend qu'on le goûte en toute l'assemblée :
Alors s'applaudissant il la porte à son né,
Après qu'avec emphaze il l'a beaucoup prôné.
C'est dans ce point d'honneur que gît toute l'adresse
D'un parfait tabatier rempli de politesse ;
Autrement c'est en vain qu'il étale en fracas,
Dans l'estime d'un Maître il échouë au Tabac.
Il doit graver sur luy cette belle peinture
Qu'autrefois de Rizé traça dans son Mercure :
De quatorze beaux traits dont l'art est composé,
L'Officier n'omet rien, tout geste compassé.
Il est des hommes vains, qui par galanterie,
Nous font sur leur Tabac beaucoup de menteries ;
Ils en ont du plus fin & du plus excellent,
Digne de contenter le nez le plus friand ;
Ils ont du saint Domingue & de la Martinique.
En est-il de meilleur dans toute l'Amerique ?

On sçait que ces menteurs nous mentent hardiment,
Que pour en imposer ils ont tous le talent.
L'autre jour on me dit que du rebut des côtes
Un de ces fanfarons en faisoit des carottes :
Sur ma foi, disoit-il, voilà de mon meilleur,
Il le dit à sa honte & passa pour menteur.
Il se voit d'autres gens affecter les manieres
Des enfans curieux de belles tabatieres,
Et qui de leur beauté trop sottement épris,
Nous les font admirer comme bijoux de prix :
Voyez vous, disent-ils, cette belle figure,
Cette Agathe, cet Or & cette Mignature ?
Peut-on voir en petit rien de plus curieux ?
Le bel art s'y rencontre avec le précieux :
Ainsi tout leur Tabac offert de bonne grace,
N'est à tous ces gens-là qu'une pure grimace,
Ils attendent de nous pour toute honnêteté
De nous voir encenser leur sotte vanité.
D'autres gens, francs Gascons, enflés de la science
De faire du Tabac, en outrent l'excellence :
Quand ils ont dit ce mot : Il est de ma façon,
Tout autre doit ceder malgré toute raison :
Goutez-en, disent-ils, c'est-là le seul que j'aime,
A le bien façonner je m'exerce moy-même.
J'en ay de tout usage & du jeune, & du vieux,
Et j'en use des deux selon que j'en suis mieux :
Dans l'art de bien cuver cette plante fannée,
J'en fais abondament pour toute mon année ;
Et même à chaque fois usant de mon talent,
Pour un long avenir je le rends excellent :
Aprés mon bon Tabac, le plus fin de boutique
Eprouvé par mon nez ne m'est que de la brique.
Il joint à sa bonté la plus vive couleur
Qu'ait jamais remarqué le plus fin Connoisseur.

Voilà d'un orgueilleux la fade impertinence;
Et c'eſt ſur ſon Tabac le voir dans la démence.
Dans la ruſticité croit-on que gens ſtupides
D'un jugement épais en ſont les plus avides,
Coëffés de cette manne ainſi qu'ils ſont de vin,
En prennent par excès , & ils prennent du fin ;
Portent-ils de l'argent les Dimanches & Fêtes ,
C'eſt pour le cabaret, qui les réduit en bêtes ?
Et ſans s'embaraſſer s'ils ont chez eux du pain ,
De toute la ſemaine ils depenſent le gain.
A l'aſpect du Tabac, qui les amuſe à Table,
Le plus méchant des vins leur devient delectable ;
Trois priſes à cinq doigts pour un coup ſeulement
Ont la vertu d'en faire un Nectar excellent.
Si je m'aproche d'eux pour ſeulement leur dire
D'où vient tant de Tabac ? Ils ſe mettent à rire ,
Rire n'eſt pas raiſon , mais je jure ma foy
Que pas un de ces niais ne me dira pourquoy.
Sçait-on qu'en bons Grivois quand on boit de la
        bierre ,
Il eſt au lieu de verre un chocq de tabatiere ;
C'eſt un honneur recent qu'ils font à leur boiſſon ;
Et qui les met en train au bruit du carillon :
Pour trinquer largement ils ne peuvent mieux faire
Que de mettre en crédit tout ce qui peut leur plaire ;
Et comme en ce ſirop ils prennent leurs ébats ,
Le tout y doit aller , tabatiere & Tabac.
Croit-on d'un Tabatier cette plaiſanterie
Qu'il nourriſſoit ſon nez d'un Tabac d'induſtrie ?
Sa boëte toûjours vuide excitant à pitié ,
De nobles tabatieres l'empliſſoient à moitié.
Chez d'autres gens de l'art tenant ſa boëte prête
Il ſçavoit la remplir du Tabac d'autre quête ;
Et toûjours finement attrapant du Tabac ,

Du reste de son nez il en faisoit amas.
Mais si de tous ces gens je vois la contenance ;
De leurs gestes grossiers je haïs l'impertinence ;
L'un avec de grands yeux la tabatiere en main ,
Pour en prendre une fois l'ouvre .vingt fois en vain :
L'autre la bave au nez , tousse , crache , renifle ,
Il ne luy manque rien sinon qu'il nous le sifle ;
Cet autre à doigts ouverts imitant Jodelet ,
Semble qu'il va pour nous, joüer du flajolet.
Encor si pour eux seuls ils montoient sur la scêne ;
Tel spectacle à nos yeux nous feroit moins de peine ;
Mais le voulant étendre obstinément sur nous ,
C'est ce qui nous déplaît & nous met en couroux.
Suis-je dans ma maison , un valet sans prudence
Me vient soufler au nez cet encens qui m'offense :
Me trouval-je en visite on me prêche le Tabac
Comme un parfait remede au mal que je n'ay pas.
Si je suis en voiture, un esprit en écharpe
Se place auprès de moy pour joüer de sa rape ,
En prenez-vous ? dit-il , ma foy c'en est du bon ;
Pour me debarasser je luy réponds que non.
En tel lieu que je sois je vois la tabatiere
Prête à servir mon nez en bonne officiere ;
Et tout le peuple entier Païsans & Bourgeois ;
Chacun jette sur moy du Tabac à la fois.
Grand Dieu ! me dis-je icy, dans le siécle où nous
     sommes ,
Que d'hommes ébêtés , eh ! sont-ce-là des hommes ?
Diogenes, cherchant un homme à sa façon ,
Desiroit seulement qu'il eût de la raison :
Mais ces esprits grossiers ont du creux dans leur
     tête ,
Ou s'y perdant souvent sont moins hommes que
     bêtes.

Enfin de tant de fots me trouvant fatigué
Je penfe que l'Enfer, contre moy s'eft ligué,
Et que même m'ouvrant, Tabac & tabatiere
Par enforcellement entreront dans ma biere.
Ma mufe arrêtez-vous, c'eft affez plaifanté,
Ce plaifant toutefois nous dit la verité.
Mais vous gens de Tabac pouvez vous bien entendre
Sans vous y reconnoître & fans vous en reprendre,
Ce ridicule affreux qu'elle étale à vos yeux,
Doit en y renonçant vous être glorieux.
Je conviens avec vous qu'une fotte habitude,
A pour s'en corriger quelque chofe de rude ;
Mais ne pourriez vous pas en prendre moins fouvent?
Vous vous corrigeriez fans doute avec le temps.
Suivez ce bon confeil & faites en l'épreuve,
De votre amendement vous aurez une preuve,
Surtout un bon propos & craignez qu'un trompeur
Ne vous le faffe aimer toûjours avec fureur ;
Car dans combien de gens, contre leur confcience ,
Voit-on manquer de foy touchant leur Pénitence ?
Pour quitter le Tabac il faut un bon propos,
Et fans ce bon propos on le reprend bientôt.
Qu'il vous foit en horreur quand vous entrez au
      Temple,
De votre pieté on attend cet exemple ;
Autrement c'eft pecher en préfence de Dieu ,
Et manquer au refpect que l'on doit au Saint lieu ,
Du Tabac foudroyé des traits de la Satyre
Quel eft enfin l'effet, ma Mufe va le dire,
Il defigure l'homme, altere fon cerveau,
L'abrutit, le deffeche , & le mene au tombeau.

REMARQUES SUR LE TABAC.

Amurat IV. Empereur des Turcs, le Grand Duc de Moscovie & le Roy de Perse en deffendent l'usage à leurs Sujets sous peine de la vie, ou d'avoir le nez coupé.

Jacques Stuard Roy d'Angleterre a fait un Traité sur le mauvais usage du Tabac.

On trouve une Bulle d'Urbain VIII. par laquelle il excommunie ceux qui prennent du Tabac dans les Eglises.

Ceux qui prennent du Tabac par excès, sont sujets à perdre l'odorat.

Celuy qu'on prend en fumée gâte le cerveau, & rend le crane noir, comme le prouve Simon Paul, le fameux Medecin du Roy de Dannemark, qui en a fait un Traité exprès.

Il dit aussi que les Marchands trompent, le mettent dans des coterests, afin qu'étant chargé de sel volatil, il en devienne plus âcre, plus puant, plus fort & en même temps plus méchant, & plus nuisible au corps humain.

Monsieur de Saint Evremont dit que c'est une manie que de se remplir incessamment le nez de Tabac, sous pretexte de purger des serosités innutiles du cerveau.

FIN.